Relatos fantásticos latinoamericanos (1)

letra Grande

En esta misma colección

1. Historias de la gente.
2. Relatos fantásticos latinoamericanos 1.
3. Relatos fantásticos latinoamericanos 2.
4. Cuentos fantásticos de ayer y hoy.
5. Relatos de hace un siglo.
6. Cuentos del asfalto.
7. Aventuras del Quijote.
8. Cuentos perversos.
9. Cuentos de amor con humor.
10. Relatos de mujeres (1).
11. Relatos de mujeres (2).
12. Fantasmagorías y desmadres.
13. Relatos a la carta.
14. Cuentos confidenciales.
15. Cuentos de taberna.
16. Cuentos de la calle de la Rúa.
17. Cuentos a contratiempo.
18. Personajes con oficio.
19. Cuentos sobre ruedas.
20. Historias de perdedores.
21. Cuentos increíbles.
22. Cuentos urbanícolas.
23. Historias de amor y desamor.
24. Cuentos marinos.
25. Cuentecillos para el viaje.
26. Cuentos con cuerpo.
27. Cuentos brasileños.
28. Relatos inquietantes.
29. Cuentos de la España Negra.
30. Historias de dos.
31. Los sobrinos del Tío Sam.
32. Cuentos nicas.
33. Cinco rounds para leer.
34. Cuentos astutos.
35. Cuentos árabes.
36. Cuentos andinos.
37. Cuentos divertidos.
38. Viajes inciertos.
39. Relatos de amor y muerte.
40. Historias de la escuela.
41. Cuentos medievales.
42. Cuentos modernistas.
43. Historias con nombre de mujer.
44. Relatos subterráneos.
45. Cuentos rusos.
46. Historias de Madrid.
47. Cuentos melancólicos.
48. Cuentos japoneses.
49. Relatos de la tierra y del entorno.
50. Cuentos cubanos.
51. Cuentos sorprendentes.
52. Cuentos ecuatorianos.
53. Cuentos de terror.
54. Relatos de mujeres (3).
55. Cuentos irlandeses.

Relatos fantásticos latinoamericanos (1)

Tercera edición

E. Galeano, M. Benedetti,
A. Monterroso, J. Cortázar,
S. Ocampo, J. J. Arreola, O. Paz,
V. Piñera, C. Vallejo.

Editorial Popular

C/ Doctor Esquerdo, 173 6 I Madrid 28007
Tel.: 91 409 35 73 Fax. 91 573 41 73
E-Mail: epopular@infornet.es
http://www.editorialpopular.com

Diseño de cubierta: M. Spotti
Imprime: Interior: Cofás Portada: Gráficas Letra

I.S.B.N.: 84-86524-41-5
Depósito Legal: M-2687-2000
IMPRESO EN ESPAÑA - PRINTED IN SPAIN

INTRODUCCIÓN

El relato corto, breve o brevísimo, tiene una magia única: la magia del tris-tras. En un tris por tras se nos cuenta una historia, se nos entreabre un mundo, se nos pinta un universo; y al tiempo de decir: "Colorín, colorado"... nos quedamos con una sonrisa admirada, una vaga nostalgia o un escalofrío tan fugaz como la misma historia.

Así es esta selección de relatos latinoamericanos, algunos tan breves que podrían desencadenar apasionadas y complejas discusiones entre los especialistas para determinar si entran en el género literario del cuento o en el del telegrama.

La riqueza fabuladora característica de la literatura latinoamericana cuenta entre sus encantos un castellano salpicado de giros y matices propios. A través de este volumen nos llegan de Cuba, de Argentina, de Uruguay, México, Guatemala... esa profusión de imágenes y fantasía, con su humor, su ternura, su lucidez, y el arte maduro del que cuenta por oficio.

Pero ya que el criterio selectivo de esta antología es ante todo el de la brevedad y lo sorprendente, abreviaremos y le aconsejaremos al lector, sorpresiva e imperativamente, ***que pase la página...***

Ramon Cañelles

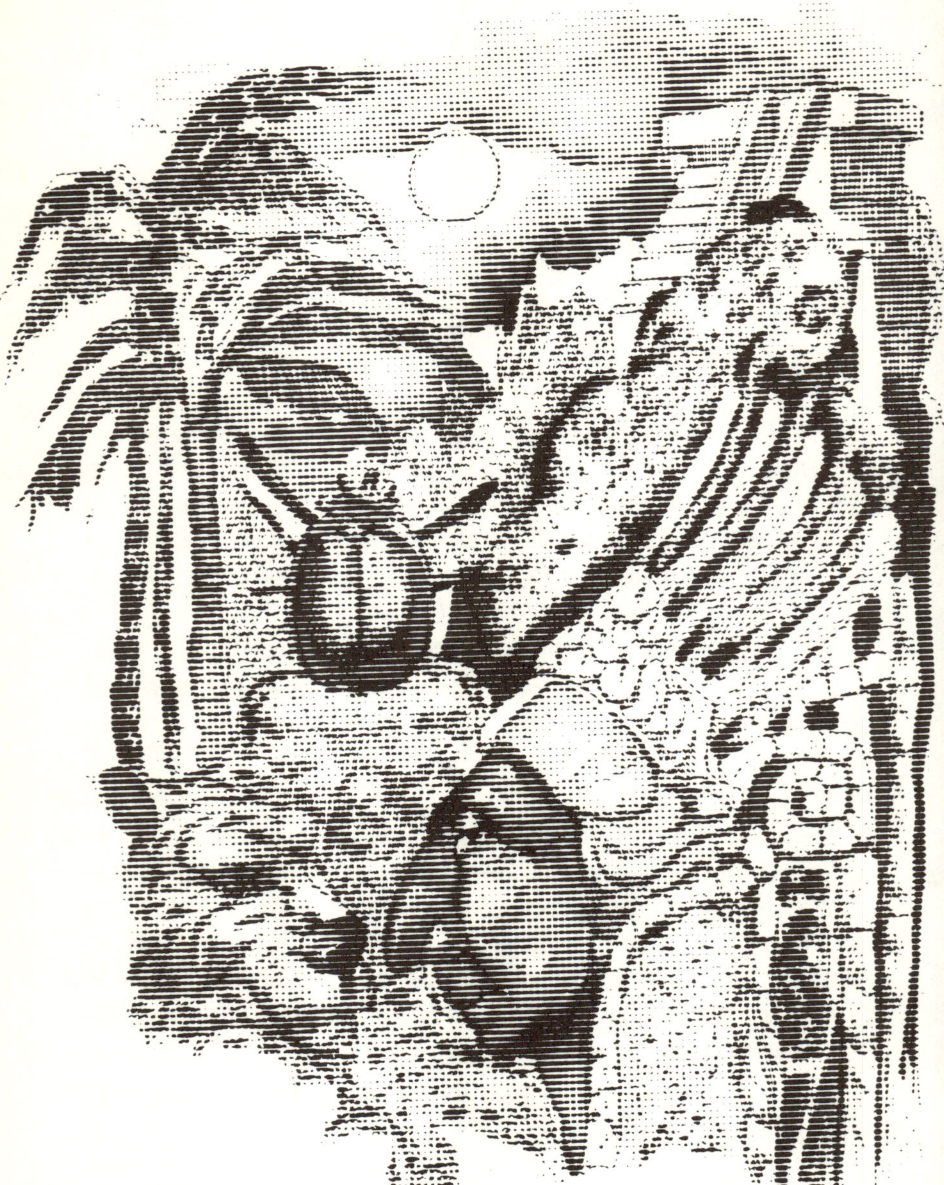

La Noche

Eduardo Galeano

El sol nunca cesaba de alumbrar y los indios cashinahua no conocían la dulzura del descanso.

Muy necesitados de paz, exhaustos de tanta luz, pidieron prestada la noche al ratón.

Se hizo oscuro, pero la noche del ratón alcanzó apenas para comer y fumar un rato frente al fuego. El amanecer llegó no bien los indios se acomodaron en las hamacas.

Probaron entonces la noche del tapir[1]. Con la noche del tapir, pudieron dormir a pierna suelta y disfrutaron el largo sueño tan esperado. Pero cuando despertaron, había pasado tanto tiempo que las malezas del monte habían invadido sus cultivos y aplastado sus casas.

1 *Tapir*. Mamífero americano de hocico alargado.

Después de mucho buscar, se quedaron con la noche del tatú[2]. Se la pidieron prestada y no se la devolvieron jamás.

El tatú despojado de la noche, duerme durante el día.

2 *Tatú*: Armadillo.

Eduardo Galeano, Montevideo - Uruguay, 1920. Uruguayo largo tiempo exiliado por sus convicciones políticas. Escritura limpia y sensible. Su principal obra, *Memorias del fuego* (3 tomos), intenta ser una Historia de América Latina. Otras obras: *Días y noches de amor y de guerra, Vagamundos, Canción de nosotros...*

EL SOL Y LA LUNA

Al primer sol, el sol del agua, se lo llevó la inundación. Todos los que en el mundo moraban se convirtieron en peces.

-Al segundo sol lo devoraron los tigres.

Al tercero lo arrasó una lluvia de fuego, que incendió a las gentes.

Al cuarto sol, el sol de viento, lo borró la tempestad. Las personas se volvieron monos y los montes se esparcieron.

Pensativos, los dioses se reunieron en Teotihuacán.

-Quien se ocupara de traer el alba?

El Señor de los Caracoles, famoso por su fuerza y hermosura, dio un paso adelante.

—Yo seré el sol —dijo.

—¿Quién más?

Silencio.

Todos miraron al Pequeño Dios Sifilítico, el más feo y desgraciado de los dioses, y decidieron:

—Tú.

El Señor de los Caracoles y el Pequeño Dios Sifilítico se retiraron a los cerros que ahora son las pirámides del sol y de la luna. Allí, en ayunas, meditaron.

Después los dioses juntaron leña, armaron una hoguera enorme y los llamaron.

El Pequeño Dios Sifilítico tomo impulso y se arrojó a las llamas. En seguida emergió, incandescente, en el cielo.

El Señor de los Caracoles miró la fogata con el ceño fruncido. Avanzó, retrocedió, se detuvo. Dio un par de vueltas. Como no se decidía, tuvieron que empujarlo. Con mucha demora se alzó en el cielo. Los dioses, furiosos, lo abofetearon. Le golpearon la cara con un conejo, una y otra vez, hasta que le mataron el brillo. Así, el arrogante Señor de los Caracoles se convirtió en la luna. Las manchas de la luna son las cicatrices de aquel castigo.

Pero el sol resplandeciente no se movía. El gavilán de obsidiana[1] voló hacia el Pequeño Dios Sifilítico:

—¿Por qué no andas?

Y respondió el despreciado, el purulento, el jorobado, el cojo:

—Porque quiero la sangre y el reino.

Este quinto sol, el sol del movimiento, alumbró a los toltecas[2] y alumbra a los aztecas[3]. Tiene garras y se alimenta de corazones humanos.

1 *Obsidiana*: piedra volcánica con la que se hacían flechas.

2 *Toltecas*: De una antigua tribu india mejicana.

3 *Aztecas*: Brillante civilización mejicana, anterior a la conquista de América.

El conejo

El conejo quería crecer.

Dios le prometió que lo aumentaría de tamaño si le traía una piel de tigre, una de mono, una de lagarto y una de serpiente.

El conejo fue a visitar al tigre.

—Dios me ha contado un secreto —comentó, confidencial.

El tigre quiso saber y el conejo anunció un huracán que se venía.

—Yo me salvaré, porque soy pequeño. Me esconderé en algún agujero. Pero tú, ¿qué harás? El huracán no te va a perdonar.

Una lágrima rodó por entre los bigotes del tigre.

—Sólo se me ocurre una manera de salvarte —ofreció el conejo—. Buscaremos un árbol de tronco muy fuerte. Yo te ataré al tronco por el cuello y por las manos y el huracán no te llevará.

Agradecido, el tigre se dejó atar. Entonces el conejo lo mató de un garrotazo y lo desnudo.

Y siguió camino, bosque adentro, por la comarca de los zapotecas.

Se detuvo bajo un árbol donde un mono estaba comiendo. Tomando un cuchillo del lado que no tiene filo, el conejo se puso a golpearse el cuello. A cada golpe, una carcajada. Después de mucho golpearse y reírse, dejó el cuchillo en el suelo y se retiró brincando.

Se escondió entre las ramas, al acecho. El mono no demoró en bajar. Miró esa cosa que hacía reír y se rascó la cabeza. Agarró el cuchillo y al primer golpe cayó degollado.

Faltaban dos pieles. El conejo invitó al lagarto a jugar a la pelota. La pelota era de piedra: lo golpeó en el nacimiento de la cola y lo dejó tumbado.

Cerca de la serpiente, el conejo se hizo el dormido. Antes de que ella saltara, cuando estaba tomando impulso, de un santiamén le clavó las uñas en los ojos.

Llegó al cielo con las cuatro pieles.

—Ahora, créceme —exigió.

Y Dios pensó: "Siendo tan pequeñito, el conejo hizo lo que hizo. Si lo aumento de tamaño, ¿qué no hará? Si el conejo fuera grande, quizás yo no sería Dios."

El conejo esperaba. Dios se acercó dulcemente, le acarició el lomo y de golpe le atrapó las orejas, lo revoleó y lo arrojó a la tierra.

De aquella vez quedaron largas las orejas del conejo, cortas las patas delanteras, que exten dió para parar la caída, y colorados los ojos, por el pánico.

EL MURCIÉLAGO

Cuando era el tiempo muy niño todavía, no había en el mundo bicho más feo que el murciélago

El murciélago subió al cielo en busca de Dios. No le dijo:

—Estoy harto de ser horroroso. Dame plumas de colores.

No. Le dijo:

—Dame plumas, por favor, que me muero de frío.

A Dios no le había sobrado ninguna pluma.

—Cada ave te dará una pluma —decidió.

Así obtuvo el muerciélago la pluma blanca de la paloma y la verde del papagayo, la tornasolada pluma del colibrí y la rosada del flamenco, la roja del penacho del cardenal y la pluma azul de la espalda del martín pescador, la pluma de arcilla del ala del águila y la pluma del sol que arde en el pecho del tucán.

El murciélago, frondoso de colores y suavidades, paseaba entre la tierra y las nubes. Por donde iba, quedaba alegre el aire y las aves mudas de admiración. Dicen los pueblos zapotecas que el arcoiris nació del eco de su vuelo.

La vanidad le hinchó el pecho. Miraba con desdén y comentaba ofendiendo.

Se reunieron las aves. Juntas volaron hacia Dios.

—El murciélago se burla de nosotras —se quejaron—. Y además, sentimos frío por las plumas que nos faltan.

Al día siguiente, cuando el murciélago agitó las alas en pleno vuelo, quedó súbitamente desnudo. Una lluvia de plumas cayó sobre la tierra.

Él anda buscándolas todavía. Ciego y feo, enemigo de la luz, vive escondido en las Cuevas. Sale a perseguir las plumas perdidas cuando ha caído la noche; y vuela muy veloz, sin detenerse nunca, porque le da vergüenza que lo vean.

LOS MOSQUITOS

Muchos eran los muertos en el pueblo de los nookta. En cada muerto había un agujero por donde le habían robado la sangre.

El asesino, un niño que mataba desde antes de aprender a caminar, recibió su sentencia riendo a las carcajadas. Lo atravesaron las lanzas y él, riendo, se las desprendió del cuerpo como espinas.

—Yo les enseñaré a matarme —dijo el niño.

Indicó a sus verdugos que armaran una gran fogata y que lo arrojaran dentro.

Sus cenizas se esparcieron por los aires, ansiosas de daño, y así se echaron a volar los primeros mosquitos.

El otro yo

Mario Benedetti

Se trataba de un muchacho corriente: en los pantalones se le formaban rodilleras, leía historietas, hacía ruido cuando comía, se metía los dedos en la nariz, roncaba en la siesta, se llamaba Armando. Corriente en todo, menos en una cosa: tenía Otro Yo.

El Otro Yo usaba cierta poesía en la mirada, se enamoraba de las actrices, mentía cautelosamente, se emocionaba en los atardeceres. Al muchacho le preocupaba mucho su Otro Yo y le hacía sentirse incómodo frente a sus amigos. Por otra parte, el Otro Yo era melancólico y, debido a ello, Armando no podía ser tan vulgar como era su deseo.

Una tarde Armando llegó cansado del trabajo, se quitó los zapatos, movió lentamente los dedos de los pies y encendió la radio. En la radio estaba Mozart, pero el muchacho se durmió. Cuando despertó el Otro Yo lloraba con desconsuelo. En el primer momento el muchacho no supo qué hacer, pero después se rehizo e insultó concienzudamente al Otro Yo. Éste no dijo nada, pero a la mañana siguiente se había suicidado.

Al principio la muerte del Otro Yo fue un rudo golpe para el pobre Armando, pero en seguida pensó que ahora sí podría ser íntegramente vulgar. Ese pensamiento lo reconfortó.

Sólo llevaba cinco días de luto, cuando salió a la calle con el propósito de lucir su nueva y completa vulgaridad. Desde lejos vio que se acercaban sus amigos. Eso le llenó de felicidad e inmediatamente estalló en risotadas. Sin embargo, cuando pasaron junto a él, ellos no notaron su presencia. Para peor de males, el muchacho alcanzó a escuchar que comentaban:

"Pobre Armando. Y pensar que parecía tan fuerte, tan saludable."

El muchacho no tuvo más remedio que dejar de reír, y, al mismo tiempo, sintió a la altura del esternón un ahogo que se parecía bastante a la nostalgia. Pero no pudo sentir auténtica melancolía, porque toda la melancolía se la había llevado el Otro Yo.

Mario Benedetti, Paso de los Toros (Uruguay), 1920. Poeta, narrador, ensayista y dramaturgo uruguayo, exiliado mucho tiempo, llegó a convertirse en portavoz de la resistencia a la opresión. Sus principales obras narrativas son, entre otras: *Montevideanos, La tregua, La muerte y otras sorpresas, Primavera con una esquina rota...*

Los bomberos

Olegario no sólo fue un as del presentimiento, sino que además siempre estuvo muy orgulloso de su poder. A veces se quedaba absorto por un instante, y luego decía: “Mañana va a llover.” Y llovía. Otras veces se rascaba la nuca y anunciaba: “El martes saldrá el 57 a la cabeza.” Y el martes salía el 57 a la cabeza. Entre sus amigos gozaba de una admiración sin límites.

Algunos de ellos recuerdan el más famoso de sus aciertos. Caminaban con él frente a la Universidad, cuando, de pronto, el aire matutino fue atravesado por el sonido y la furia de los bomberos. Olegario sonrió de modo casi imperceptible y dijo: “Es posible que mi casa se esté quemando.”

Llamaron a un taxi y encargaron al chófer que siguiera de cerca a los bomberos. Estos tomaron por Rivera, y Olegario dijo: “Es casi seguro que mi casa se esté quemando.” Los amigos guardaron un respetuoso y afable silencio; tanto lo admiraban.

Los bomberos siguieron por Pereyra y la nerviosidad llegó a su colmo. Cuando doblaron por la calle en que vivía Olegario, los amigos se pusieron tiesos de expectativa. Por fin, frente mismo a la llameante casa de

Olegario, el carro de bomberos se detuvo y los hombres comenzaron rápida y serenamente los preparativos de rigor. De vez en cuando, desde las ventanas de la planta alta alguna astilla volaba por los aires.

Con toda parsimonia, Olegario bajó del taxi. Se acomodó el nudo de la corbata, y luego, con un aire humilde vencedor, se aprestó a recibir la felicitaciones y los abrazos de sus buenos amigos.

BEATRIZ

(La polución)

Dijo el tío Rolando que esta ciudad se está poniendo imbancable de tanta polución que tiene. Yo no dije nada para no quedar como burra, pero de toda la frase sólo entendí la palabra *ciudad*. Después fui al diccionario y busqué la palabra *imbancable* y no está. El domingo, cuando fui a visitar al abuelo le pregunté qué quería decir imbancable y él se rió y me explicó con muy buenos modos que quería decir insoportable. Ahí sí comprendí el significado, porque Graciela, o sea, mi mami, me dice algunas veces, o más bien casi todos los días, por favor Beatriz por favor a veces te pones verdaderamente insoportable. Precisamente ese mismo domingo a la tarde me lo dijo, aunque esta vez repitió tres veces por favor, por favor, por favor, Beatriz a veces te pones verdaderamente insoportable, y yo muy serena, habrás querido decir que estoy imbancable, y a ella le hizo gracia, aunque no demasiada, pero me quitó la penitencia y eso fue muy importante. La otra palabra, *polución*, es bastante más difícil. Esa sí está en el diccionario. Dice, *polución*: efusión del semen. Qué será efusión y qué será semen. Busqué *efusión* y dice: derramamiento de un líquido. También me fijé en *semen* y dice: semilla, simiente, líquido que sirve para la reproducción. O sea que lo que dijo el tío Rolando quiere decir esto: esta ciudad se está poniendo insoportable de tanto derramamiento de semen. Tampoco entendí, así que la primera vez que me encontré con Rosita, mi amiga, le dije mi grave problema y todo lo que decía el diccionario. Y ella: "Tengo la impresión de que semen es una palabra sensual, pero no sé qué quiere decir. Entonces me prometió que lo consultaría con su prima Sandra, porque es mayor y en su escuela dan clases de educación sensual. El jueves vino a verme muy misteriosa, yo la conozco bien cuando tiene un misterio, se le arruga la nariz, y como en la casa estaba Graciela, esperó con muchísima paciencia que se fuera a la cocina a preparar las milanesas, para decirme, ya averigüé, semen es una cosa que tienen los hombres grandes, no los niños, y yo, entonces, nosotras, todavía no tenemos semen, y ella, no seas bruta, ni ahora ni nunca, semen sólo tienen los hombres cuando son viejos como mi papi o tu papi el que está preso, las niñas no tenemos semen, ni siquiera cuando seamos abuelas, y yo, qué raro eh, y ella, Sandra, dice que todos los niños y las niñas venimos del semen, porque este líquido tiene bichitos que se llaman espermatozoides y Sandra estaba contenta, porque en la clase de ayer había aprendido que espermatozoide se escribe con zeta. Cuando se fue Rosita, yo me quedé pensando y me pareció que el tío Rolando quizá había querido decir que la ciudad estaba insoportable de tantos espermatozoides (con zeta) que tenía. Así que fui otra vez a lo del abuelo, porque él siempre me entiende y me ayuda, aunque no exageradamente, y cuando le conté lo que había dicho el tío Rolando y le pregunté si era cierto que la ciudad estaba poniéndose imbancable porque tenía muchos espermatozoides, al abuelo le vino una risa tan grande que casi se ahoga y tuve que traerle un vaso de agua y se puso bien colorado y a mí me dio miedo de que le diera un patatús y conmigo solita en una situación tan espantosa. Por suerte, de a poco se fue calmando y cuando pudo hablar me dijo, entre tos y tos, que lo que tío Rolando había dicho se refería a la contaminación atmosférica. Yo me sentí más bruta todavía, pero enseguida él me explicó que la atmósfera era el aire, y como en esta ciudad hay muchas fábricas y automóviles todo ese humo ensucia el aire, o sea la atmósfera y eso es la maldita polución y no el semen que dice el diccionario, y no tendríamos que respirarla, pero, como si no respiramos igualito, nos morimos, no tenemos más remedio que respirar toda esa porquería. Yo le dije al abuelo que ahora sacaba la cuenta que mi papá tenía entonces una ventajita aún donde está preso porque en ese lugar no hay muchas fábricas y tampoco hay muchos automóviles, porque los familiares de los presos políticos son pobres y no tienen automóviles. Y el abuelo dijo que sí, que yo tenía mucha razón, y que siempre había que encontrarle el lado bueno a las cosas. Entonces yo le di un beso muy grande y la barba me pinchó más que otras veces y me fui corriendo a buscar a Rosita y como en su casa estaba la mami de él la que se llama

Asunción, igualito que la capital del Paraguay, esperamos las dos con mucha paciencia hasta que por fin se fue a regar las plantas y entonces yo muy misteriosa, vas a decirle de mi parte a tu prima Sandra que ella es mucho más burra que vos y que yo, porque ahora si lo averigüé todo y nosotras no venimos del semen, sino de la atmósfera.

Beatriz

(Una palabra enorme)

Libertad es una palabra enorme. Por ejemplo, cuando terminan las clases, se dice que una está en libertad. Mientras dura la libertad, una pasea, una juega, una no tiene por qué estudiar. Se dice que un país es libre cuando una mujer cualquiera o un hombre cualquiera hace lo que se le antoja. Pero hasta los países libres tienen cosas muy prohibidas. Por ejemplo, matar. Eso sí, se pueden matar mosquitos y cucarachas, y también vacas para hacer churrascos. Por ejemplo, está prohibido robar, aunque no es grave que una se quede con algún vuelto cuando Graciela, que es mi mami, me encarga alguna compra. Por ejemplo, está prohibido llegar tarde a la escuela, aunque en ese caso hay que hacer una cartita, mejor dicho la tiene que hacer Graciela, justificando por qué. Así dice la maestra: justificando.

Libertad quiere decir muchas cosas. Por ejemplo, si una no está presa, se dice que está en libertad. Pero mi papá está preso y, sin embargo, está en Libertad, porque así se llama la cárcel donde está hace ya muchos años. A eso el tío Rolando lo llama qué sarcasmo. Un día le conté a mi amiga Angelina que la cárcel en que está mi papá se llama Libertad y que el tío Rolando había dicho qué sarcasmo y a mi amiga Angélica le gustó tanto la palabra que, cuando su padrino le regaló un perrito, le puso de nombre Sarcasmo. Mi papá es un preso, pero no porque haya matado o robado o llegado tarde a la escuela. Graciela dice que mi papá está en Libertad, o sea está preso, por sus ideas. Parece que mi papá era famoso por sus ideas. Yo también a veces tengo ideas, pero todavía no soy famosa. Por eso, no estoy en Libertad, o sea que no estoy presa.

Si yo estuviera presa, me gustaría que dos de mis muñecas, la Toti y la Mónica, fueran también presas políticas. Porque a mí me gusta dormirme abrazada por lo menos a la Toti. A la Monina no tanto, porque es muy gruñona. Yo nunca le pego, sobre todo para darle ese buen ejemplo a Graciela.

Ella me ha pegado pocas veces, pero cuando lo hace, yo quisiera tener muchísima libertad. Cuando me pega o me rezonga, yo le digo Ella, porque a ella no le gusta que la llame así. Es claro que tengo que estar muy alunada para llamarla Ella. Si, por ejemplo, viene mi abuelo y me pregunta dónde está tu madre, y yo le contesto: "Ella está en la cocina, ya todo el mundo sabe que estoy alunada, porque si no estoy alunada digo solamente "Graciela está en la cocina." Mi abuelo siempre dice que yo salí la más alunada de la familia y eso a mí me deja muy contenta. A Graciela tampoco le gusta demasiado que yo la llame Graciela, pero yo la llamo así porque es un nombre lindo. Sólo cuando la quiero muchísimo, cuando la adoro y la beso y la estrujo y ella me dice ay chiquitina no me estrujes así, entonces sí la llamo mamá o mami, y Graciela se conmueve y se pone muy tiernita y me acaricia el pelo, y eso no sería así ni sería tan bueno si yo le dijera mamá o mami por cualquier pavada.

O sea que la libertad es una palabra enorme. Graciela dice que ser un preso político como mi papá no es ninguna vergüenza. Que casi es un orgullo. ¿Por qué casi? Es orgullo o es vergüenza. ¿Le gustaría que yo dijera que es casi vergüenza? Yo estoy orgullosa, no casi orgullosa, de mi papá, porque tuvo muchísimas ideas, tantas y tantísimas que lo metieron preso por ellas. Yo creo que ahora mi papá seguirá teniendo ideas, tremendas ideas, pero es casi seguro que no se las dice a nadie, porque si las dice, cuando salga de Libertad para vivir en libertad, lo pueden meter otra vez en Libertad. ¿Ven como es enorme?

La noche de los feos

Ambos somos feos. Ni siquiera vulgarmente feos. Ella tiene un pómulo hundido. Desde los ocho años, cuando le hicieron la operación. Mi asquerosa marca junto a la boca viene de una quemadura feroz, ocurrida a comienzos de mi adolescencia.

Tampoco puede decirse que tengamos ojos tiernos, esa suerte de faros de justificación por los que a veces los horribles consiguen arrimarse a la belleza. No, de ningún modo. Tanto los de ella como los míos son ojos llenos de resentimiento, que sólo reflejan la poca o ninguna resignación con que enfrentamos nuestro infortunio. Quizá eso nos haya unido. Tal vez unido no sea la palabra más apropiada. Me refiero al odio implacable que cada uno de nosotros siente por su propio rostro.

Nos conocimos a la entrada del cine, haciendo cola para ver en la pantalla a dos hermosos cualesquiera. Allá fue donde por primera vez nos examinamos sin simpatía, pero con oscura solidaridad; fue donde registramos, ya desde la primera ojeada, nuestras respectivas soledades. En la cola todos estaban de a dos, pero además eran auténticas parejas: esposos, novios, amantes, abuelitas, vaya uno a saber. Todos —de la mano o del brazo— tengan a alguien. Sólo ella y yo tentamos las manos sueltas y crispadas.

Nos miramos las respectivas fealdades con detenimiento, con insolencia, sin curiosidad. Recorrí la hendedura de su pómulo con la garantía de desparpajo que me otorgaba mi mejilla encogida. Ella no se sonroja. Me gustó que fuera dura, que devolviera mi inspección con una ojeada minuciosa a la zona lisa, brillante, sin barba, de mi vieja quemadura.

Por fin, entramos. Nos sentamos en filas distintas, pero contiguas. Ella no podía mirarme, pero yo, aun en la penumbra, podía distinguir su nuca de pelos rubios, su oreja fresca, bien formada. Era la oreja de su lado normal.

Durante una hora y cuarenta minutos admiramos las respectivas bellezas del rudo héroe y la suave heroína. Por lo menos yo he sido siempre capaz de admirar lo lindo. Mi animadversión la reservo para mi rostro, y a veces para Dios. Cambien para el rostro de otros feos, de otros espantajos. Quizá debería sentir piedad, pero no puedo. La verdad es qué son algo así como espejos. A veces me pregunto que suerte habría corrido el mito si Narciso hubiera tenido un pómulo hundido, o el ácido le hubiera quemado la mejilla, o le falara media nariz, o tuviera una costura en la frente.

La esperé a la salida. Caminé unos metros junto a ella, y luego le hable. Cuando se detuvo y me miró, tuve la impresión de que vacilaba. La invité a que charláramos un rato en un cate o una confiteria. De pronto, aceptó.

La confitería estaba llena, pero en ese momento se desocupó una mesa. A medida que pasábamos entre la gente, quedaban a nuestras espaldas las señas, los gestos de asombro. Mis antenas están particularmente adiestradas para captar la curiosidad enfermiza, ese inconsciente sadismo de los que tienen un rostro corriente, milagrosamente simétrico. Pero esta vez ni siquiera era necesaria mi adiestrada intuición, ya que mis oídos alcanzaban para registrar murmullos, tosecitas, falsas carrasperas. Un rostro horrible y aislado tiene evidentemente su interés; pero dos fealdades juntas constituyen en sí mismas un espectáculo mayor, poco menos que coordinado; algo que se debe mirar en compañía, junto a uno (o una) de esos bien parecidos con quienes merece compartirse el mundo.

Nos sentamos, pedimos dos helados, y ella tuvo coraje (eso también me gustó) para sacar del bolso su espejito y arreglarse el pelo. Su lindo pelo.

"¿Qué esta pensado?", pregunté.

Ella guardó el espejo y sonrió. El pozo de la mejilla cambió de forma.

"¿Un lugar común?", dijo. "Tal para cual."

Hablamos largamente. A la hora y media hubo que pedir dos cafés para justificar la prolongada permanencia. De pronto, me di cuenta de que tanto ella como yo estábamos hablando con una franqueza tan hiriente que amenazaba traspasar la sinceridad y convertirse en un casi equivalente de la hipocresía. Decidí tirarme a fondo.

"¿Usted se siente excluida del mundo? ,¿verdad?"

"Si" dijo, todavía mirándome.

"Usted admira a los hermosos, a los normales. Usted quisiera tener un rostro tan equilibrado como esa muchachita que está a su derecha, a pesar de que usted es inteligente, y ella, a juzgar por su risa, irremisiblemente estúpida."

"Sí"

Por primera vez no pudo sostener mi mirada.

"Yo también quisiera eso. Pero hay una posibilidad ¿sabe? de que usted y yo lleguemos a algo."

"¿Algo como qué?"

"Como querernos, caramba. O simplemente congeniar. Llámele como quiera, pero hay una posibilidad."

Ella frunció el ceño. No quería concebir esperanzas.

"Prométame no tomarme por un chiflado."

"Prometo."

"La posibilidad es meternos en la noche. En la noche íntegra. En lo oscuro total. ¿Me entiende?"

"NO"

"¡Tiene que entenderme! Lo oscuro total. Donde usted no me vea, donde yo no la vea. Su cuerpo es lindo, ¿no lo sabía?"

Se sonrojó, y la hendedura de la mejilla se volvió súbitamente escarlata.

"Vivo solo, en un apartamento, y queda cerca."

Levantó la cabeza y ahora sí me miró preguntándome, averiguando sobre mí, tratando desesperadamente de llegar a un diagnóstico.

“Vamos”, dijo.

No sólo apagué la luz, sino que además corrí la doble cortina. A mi lado ella respiraba. Y no era una respiración afanosa. No quiso que la ayudara a desvestirse.

Yo no veía nada, nada. Pero igual pude darme cuenta de que ahora estaba inmóvil, a la espera. Estire cautelosamente una mano, hasta hallar su pecho. Mi tacto me trasmitió una versión estimulante, poderosa. Así vi su vientre, su sexo. Sus manos también me vieron.

En ese instante comprendí que debía arrancarme (y arrancarla) de aquella mentira que yo mismo había fabricado. O intentado fabricar. Fue como un relámpago No éramos eso. No éramos eso.

Tuve que recurrir a todas mis reservas de coraje, pero lo hice. Mi mano ascendió lentamente hasta su rostro, encontró el surco de horror, y empezó una lenta, convincente y convencida caricia. En realidad, mis dedos (al principio un poco temblorosos, luego progresivamente serenos) pasaron muchas veces sobre sus lágrimas.

Entonces, cuando yo menos lo esperaba, su mano también llegó a mi cara, y pasó y repasó el costurón y el pellejo liso, esa isla sin barba, de mi marca siniestra.

Lloramos hasta el alba. Desgraciados, felices. Luego me levanté y descorrí la cortina doble.

LA TELA DE PENÉLOPE, O QUIEN ENGAÑA A QUIEN

Augusto Monterroso

Hace muchos años vivía en Grecia un hombre llamado Ulises (quien, a pesar de ser bastante sabio, era muy astuto), casado con Penélope, mujer bella y singularmente dotada cuyo único defecto era su desmedida afición a tejer, costumbre gracias a la cual pudo pasar sola largas temporadas.

Dice la leyenda que en cada ocasión en que Ulises con su astucia observaba que a pesar de sus prohibiciones ella se disponía una vez mas a iniciar uno de sus interminables tejidos, se le podía ver por las noches preparando a hurtadillas sus botas y una buena barca, hasta que sin decirle nada se iba a recorrer el mundo y a buscarse a sí mismo.

De esta manera ella conseguía mantenerlo alejado mientras coqueteaba con sus pretendientes, haciéndoles creer que tejía mientras Ulises viajaba y no que Ulises viajaba mientras ella tejía, como pudo haber imaginado Homero, que como se sabe, a veces dormía y no se daba cuenta de nada.

Augusto Monterroso, Guatemala, 1924. Escritor, profesor y diplomático. Prodigiosa capacidad para fabular, lenguaje poderoso y sintético, humor refinado y aguda visión crítica de la cultura, la historia y la sociedad. Obras principales: *Uno de cada tres y el centenario, La oveja negra y demás fábulas, Movimiento perpetuo, Obras completas y otros cuentos...*

La oveja negra

En un lejano país existió hace muchos años una Oveja negra.

Fue fusilada.

Un siglo después, el rebaño arrepentido le levantó una estatua ecuestre que quedó muy bien en el parque.

Así, en lo sucesivo, cada vez que aparecían ovejas negras eran rápidamente pasadas por las armas para que las futuras generaciones de ovejas comunes y corrientes pudieran ejercitarse también en la escultura.

La rana que quería ser una rana auténtica

Había una vez una Rana que quería ser una rana auténtica, y todos los días se esforzaba en ello.

Al principio, se compró un espejo en el que se miraba largamente buscando su ansiada autenticidad.

Unas veces parecía encontrarla y otras no, según el humor de ese día o de la hora, hasta que se cansó de esto y guardó el espejo en un baúl.

Por fin, pensó que la única forma de conocer su propio valor estaba en la opinión de la gente, y comenzó a peinarse y a vestirse y a desvestirse (cuando no le quedaba otro recurso) para saber si los demás la aprobaban y reconocían que era una Rana auténtica.

Un día observó que lo que más admiraban de ella era su cuerpo, especialmente sus piernas, de manera que se dedicó a hacer sentadillas y a saltar para tener unas ancas cada vez mejores, y sentía que todos la aplaudían.

Y así seguía haciendo esfuerzos hasta que, dispuesta a cualquier cosa para lograr que la consideraran una Rana auténtica, se dejaba arrancar las ancas, y los otros se las comían, y ella todavía alcanzaba a oír con amargura cuando decían que qué buena Rana, que parecía Pollo.

Origen de los ancianos

Un niño de cinco años explicaba la otra tarde a uno de cuatro que entre muchos de ellos se mantiene la más rigurosa pureza sexual y ni siquiera se tocan entre sí porque saben —o creen saber— que si por casualidad se descuidan y se dejan llevar por la pasión propia de la edad y se copulan, el fruto inevitable de esa unión contra natura es indefectiblemente un viejito o una viejita; que en esa forma se dice que han nacido y nacen todos los días los ancianos que vemos en las calles y en los parques; y que quizá esta creencia obedecía a que los niños nunca ven jóvenes a sus abuelos y a que nadie les explica cómo nacen estos o de dónde vienen; pero que en realidad su origen no era necesariamente ese.

La buena conciencia

En el centro de la Selva existió hace mucho una extravagante familia de plantas carnívoras que, con el paso del tiempo, llegaron a adquirir conciencia de su extraña costumbre, principalmente por las constantes murmuraciones que el buen Céfiro les traía de todos los rumbos de la ciudad.

Sensibles a la crítica, poco a poco fueron cobrando repugnancia a la carne, hasta que llegó el momento en que no sólo la repudiaron en el sentido figurado, o sea el sexual, sino que por último se negaron a comerla, asqueadas a tal grado que su simple vista les producía náuseas.

Entonces decidieron volverse vegetarianas.

A partir de ese día se comen únicamente unas a otras y viven tranquilas, olvidadas de su infame pasado.

EL ZORRO ES MÁS SABIO

Un día que el Zorro estaba muy aburrido y hasta cierto punto melancólico y sin dinero, decidió convertirse en escritor, cosa a la cual se dedicó inmediatamente, pues odiaba ese tipo de personas que dicen voy a hacer esto o lo otro y nunca lo hacen.

Su primer libro resultó muy bueno, un éxito; todo el mundo lo aplaudió y pronto fue traducido (a veces no muy bien) a los más diversos idiomas.

El segundo fue todavía mejor que el primero, y varios profesores norteamericanos de lo más granado del mundo académico de aquellos remotos días lo comentaron con entusiasmo y aun escribieron libros sobre los libros que hablaban de los libros del Zorro.

Desde ese momento el Zorro se dio con razón por satisfecho, y pasaron los años y no publicaba otra cosa.

Pero los demás empezaron a murmurar y a repetir "¿Qué pasa con el Zorro?", y cuando lo encontraban en los cócteles puntualmente se le acercaban a decirle tiene usted que publicar más.

—Pero si ya he publicado dos libros —respondía él con cansancio.

—Y muy buenos —le contestaban—; por eso mismo tiene usted que publicar otro.

El Zorro no lo decía, pero pensaba: “En realidad, lo que estos quieren es que yo publique un libro malo; pero como soy el Zorro, no lo voy a hacer.”

Y no lo hizo.

El diario a diario

Julio Cortázar

Un señor toma el tranvía después de comprar el diario y ponérselo bajo el brazo. Media hora más tarde desciende con el mismo diario bajo el mismo brazo.

Pero ya no es el mismo diario, ahora es un montón de hojas impresas que el señor abandona en un banco de plaza.

Apenas queda solo en el banco, el montón de hojas impresas se convierte otra vez en un diario, hasta que un muchacho lo ve, lo lee, y lo deja convertido en un montón de hojas impresas.

Apenas queda solo en el banco, el montón de hojas impresas se convierte otra vez en un diario, hasta que una anciana lo encuentra, lo lee, y lo deja convertido en un montón de hojas impresas. Luego se lo lleva a su casa y en el camino lo usa para empaquetar medio kilo de acelgas, que es para lo que sirven los diarios después de estas excitantes metamorfosis.

Julio Cortázar, Bruselas, 1914 - París, 1984. Argentino, nacionalizado francés, residió en París desde 1952. Introduce lo fantástico en lo cotidiano mediante un pequeño acontecimiento irreal que transtorna la normalidad. Su novela *Rayuela* representó una importante innovación para las letras hispanoamericanas. Principales obras en narrativa: *Los premios, Historias de cronopios y famas, Rayuela, Libro de Manuel, Alguien que anda por ahí, Un tal Lucas, Queremos tanto a Glenda...*

Propiedades de un sillón

En casa del Jacinto hay un sillón para morirse.

Cuando la gente se pone vieja, un día la invitan a sentarse en el sillón como todos, pero con una estrellita plateada en el centro del respaldo. La persona invitada suspira, mueve un poco las manos como si quisiera alejar la invitación, y después va a sentarse en el sillón y se muere.

Los chicos, siempre traviesos, se divierten en engañar a las visitas en ausencia de la madre, y las invitan a sentarse en el sillón. Como las visitas están enteradas, pero saben que de eso no se debe hablar, miran a los chicos con gran confusión y se excusan con palabras que nunca se emplean cuando se habla con los chicos, cosa que a estos los regocija extraordinariamente. Al final las visitas se valen de cualquier pretexto para no sentarse, pero más tarde la madre se da cuenta de lo sucedido y a la hora de acostarse hay palizas terribles. No por eso escarmientan, de cuando en cuando consiguen engañar a alguna visita Cándida y la hacen sentarse en el sillón. En esos casos los padres disimulan, pues temen que los vecinos lleguen a enterarse de las propiedades del sillón y vengan a pedirlo prestado para hacer sen tar a una u otra persona de su familia o amistad. Entre tanto los chicos van creciendo y llega un día en que sin saber por qué dejan de interesarse por el sillón y las visitas. Más bien evitan entrar en la sala, hacen un rodeo por el patio, y los padres que ya están muy viejos cierran con llave la puerta de la sala y miran atentamente a sus hijos como queriendo leer-en-su-pensamiento. Los hijos desvían la mirada y dicen que ya es hora de comer o de acostarse. Por las mañanas el padre se levanta el primero y va siempre a mirar si la puerta de la sala sigue cerrada con llave, o si alguno de los hijos no ha abierto la puerta para que se vea el sillón desde el comedor, porque la estrellita de plata brilla hasta en la oscuridad y se la ve perfectamente desde cualquier parte del comedor.

LUCAS, SUS COMPRAS

En vista de que la Tota le ha pedido que baje a comprar una caja de fósforos, Lucas sale en piyama porque la canícula impera en la metrópoli, y se constituye en el café del gordo Muzzio, donde antes de comprar los fósforos decide mandarse un aperital con soda. Va por la mitad de este noble digestivo cuando su amigo Juárez entra también en piyama y al verlo prorrumpe que tiene a su hermana con la otitis aguda y el boticario no quiere venderle las gotas calmantes, porque la receta no aparece y las gotas son una especie de alucinógeno que ya ha electrocutado a más de cuatro *hippies* del barrio. A vos te conoce bien y te las venderá, vení en seguida, la Rosita se retuerce que no la puedo ni mirar.

Lucas paga, se olvida de comprar los fósforos y va con Juárez a la farmacia, donde el viejo Olivetti dice que no es cosa, que nada, que se vayan a otro lado, y en ese momento su señora sale de la trastienda con una kódak en la mano y usted, señor Lucas, seguro que sabe cómo se la carga, estamos de cumpleaños de la nena y dése cuenta justo se nos acaba el rollo, se nos acaba. Es que tengo que llevarle fósforos a la Tota, dice Lucas antes que Juárez le pise un pie y Lucas se comida[1] a cargar la kódak al comprender que el viejo Olivetti

1 *Se comida*: Se ponga con cuidado.

le va a retribuir con las gotas ominosas, Juárez se deshace con gratitud y sale echando putas mientras la señora agarra a Lucas y lo mete toda contenta en el cumpleaños, no se va a ir sin probar la torta de manteca que hizo doña Luisa, que los cumplas muy felices dice Lucas a la nena que le contesta con un borborigmo[2] a través de la quinta tajada de torta. Todos cantan el apio verde tuyu[3] y otro brindis con naranjada, pero la senda tiene una cervecita bien helada para el señor Lucas que además va a sacar las fotos, porque ahí no tienen mucha cancha, y Lucas atenti al pajarito, ésta con flash y ésta en el patio, porque la nena quiere que también salga el jilguero, quiere.

—Bueno —dice Lucas—, yo voy a tener que irme, porque resulta que la Tota.

Frase eternamente inconclusa, puesto que en la farmacia cunden alaridos y toda clase de instrucciones y contraórdenes, Lucas corre a ver y de paso a rajar, y se encuentra con el sector masculino de la familia Salinsky y en el medio el viejo Salinsky que se ha caído de la silla y lo traen porque viven al lado y no es cosa de molestar al doctor si no tiene fractura de coxis o algo peor. El petiso[4] Salinsky, que es como fierro con Lucas se le agarra del piyama y le dice que el viejo es duro, pero que el parlan del patio es peor, razón por la cual no sería de excluir una fractura fatal, máxime cuando el

2 *Borgorigmo*: Sonido sin sentido propio de los niños.

3 *Apio verde tuyu*: *Happy birthday to you* en inglés, igual a feliz cumpleaños.

4 *Petiso*: Bajito, chiquitito.

viejo se ha puesto verde y ni siquiera atina a frotarse el culo como es su costumbre habitual. Este detalle contradictorio no se le ha escapado al viejo Olivetti, que pone a su señora al teléfono y en menos de cuatro minutos hay una ambulancia y dos camilleros, Lucas ayuda a subir al viejo que vaya a saber por qué le ha pasado los brazos por el pescuezo ignorando por completo a sus hijos, y cuando Lucas va a bajarse de la ambulancia los camilleros se la cierran en la cara, porque están discutiendo, lo de Boca *versus* River el domingo y no es cosa de distraerse con parentescos, total que Lucas va a parar al suelo con el arranque supersónico y el viejo Salinsky desde la camilla jodete, pibe, ahora vas a saber cómo duele.

En el hospital que queda en la otra punta del ovillo Lucas tiene que explicar el fato[5], pero eso es algo que lleva su tiempo en un nosocomio[6] y usted es de la familia, no, en realidad yo, pero entonces qué, espere que le voy a explicar lo que pasó, está bien, pero muestre sus documentos, es que estoy en piyama, doctor, su piyama tiene dos bolsillos, de acuerdo, pero resulta que la Tota, no me va a decir que este viejo se llama Tota, quiero decir que yo tenía que comprarle una caja de fósforos a la Tota y en eso viene Juárez y... Está bien, suspira el médico, bajale los calzoncillos al viejo, Morgada, usted se puede ir. Me quedo hasta que llegue la familia y me den plata para un taxi, dice Lucas, así no voy a tomar el colectivo. Depende, dice el médico,

5 *Fato*: Hecho (del italiano), asunto.

6 *Nosocomio*: Hospital.

ahora se usan indumentos de alta fantasía, la moda es tan versátil, hacele una radio de cúbito, Morgada.

Cuando los Salinsky desembocan de un taxi Lucas, les da las noticias y el petiso le larga la guita justa, pero eso sí le agradece cinco minutos la solidaridad y el compañerismo de golpe no hay taxis por ninguna parte y Lucas que ya no puede más se larga calle abajo, pero es raro andar en piyama fuera del barrio, nunca se le había ocurrido que es propio como estar en pelotas, para peor ni siquiera un colectivo rasposo hasta que al final el 128 y Lucas parado entre dos chicas que lo miran estupefactas, después de una vieja que desde su asiento le va subiendo los ojos por las rayas del piyama como para apreciar el grado de decencia de esa vestimenta que poco disimula las protuberancias. Santa Fe y Canning no llegan nunca y con razón, porque Lucas ha tomado el colectivo que va a Saavedra, entonces bajarse y esperar en una especie de potrero con dos arbolitos y un peine roto, la Tota debe estar como una pantera en un lavarropas, una hora y media madre querida y cuando Barajo va a venir el colectivo.

A lo mejor ya no viene nunca, se dice Lucas con una especie de siniestra iluminación, a lo mejor esto es algo así como el alejamiento de Almotásim, piensa Lucas culto. Casi no ve llegar a la viejita desdentada que se le arrima de a poco para preguntarle si por casualidad no tiene un fósforo.

La Soga

Silvina Ocampo

Antoñito López le gustaban los juegos peligrosos: subir por la escalera de mano del tanque de agua, tirarse por el tragaluz del techo de la casa, encender papeles en la chimenea. Estos juegos lo entretuvieron hasta que descubrió la soga, la soga vieja que servía otrora para atar los baúles, para subir los baldes del fondo del aljibe y, en definitiva, para cualquier cosa; sí, los juegos lo entretuvieron hasta que la soga cayó en sus manos. Todo un año, de su vida de siete años, Antoñito había esperado que le dieran la soga; ahora podía hacer con ella lo que quisiera. Primeramente hizo una hamaca, colgada de un árbol, después un arnés para el caballo, después una liana para bajar de los árboles, después un salvavidas, después una horca para los reos, después un pasamanos, finalmente una serpiente. Tirándola con fuerza hacia adelante, la soga se retorcía y se volvía con la cabeza hacia atrás con ímpetu, como dispuesta a morder. A veces subía detrás de Toñito las escaleras, trepaba a los árboles, se acurrucaba en los bancos. Toñito siempre tenía cuidado de evitar que la soga lo tocara; era parte del juego. Yo lo vi llamar a la soga, como quien llama a un perro, y la soga se le acercaba, a regañadientes, al principio, luego, poco a poco, obedientemente. Con tanta maestría Antoñito lanzaba la soga y le daba aquel movimiento de serpiente maligna y retorcida, que los dos hubieran podido trabajar en un circo. Nadie le decía: "Toñito, no juegues con la soga."

La soga parecía tranquila cuando dormía sobre la mesa o en el suelo. Nadie la hubiera creído capaz de ahorcar a nadie. Con el tiempo se volvió más flexible y oscura, casi verde y, por último, un poco viscosa y desagradable, en mi opinión. El gato no se le acercaba y a veces, por las mañanas, entre sus nudos, se demoraban sapos extasiados. Habitualmente, bonito la acariciaba antes de echarla al aire, como los discóbolos o lanzadores de jabalinas, ya no necesitaba prestar atención a sus movimientos: sola, se hubiera dicho, la soga saltaba de sus manos para lanzarse hacia adelante, para retorcerse mejor.

Si alguien le pedía:

—Toñito, préstame la soga.

El muchacho invariablemente contestaba:

—No.

A la soga ya le había salido una lenguita, en el sitio de la cabeza, que era algo aplastada, con barba; su cola, deshilachada, parecía de dragón.

Toñito quiso ahorcar un gato con la soga. La soga se rehusó. Era buena.

Una soga ¿de qué se alimenta? ¡Hay tantas en el mundo! En los barcos, en las casas, en las tiendas, en los museos, en todas partes... Toñito decidió que era herbívora; le dio pasto y le dio agua.

La bautizó con el nombre de Prímula. Cuando lanzaba la soga, a cada movimiento, decía: "Primula, vamos, Prímula." Y Prímula obedecía.

Toñito tomó la costumbre de dormir con Prímula en la cama, con la precaución de colocarle la cabecita sobre la almohada y la cola bien abajo, entre las cobijas.

Una tarde de diciembre, el sol, como una bola de fuego, brillaba en el horizonte, de modo que todo el mundo lo miraba comparándolo con la luna, hasta el mismo Toñito, cuando lanzaba la soga. Aquella vez la soga volvió hacia atrás con la energía de siempre y Toñito no retrocedió. La cabeza de Prímula le golpeó en el pecho y le clavó la lengua a través de la blusa.

Así murió Toñito. Yo le vi, tendido, con los ojos abiertos.

La soga, con el flequillo despeinado, enroscada junto a él, lo velaba.

Silvina Ocampo, Buenos Aires, 1909. Poeta y narradora argentina, sus cuentos, que están atravesados de un fino humor, pertenecen generalmente al género fantástico. Obra principal en narrativa: *Viaje olvidado, Autobiografía de Irene, La furia, Las invitadas...*

El rinoceronte

Juan José Arreola

Durante diez años luché con un rinoceronte; soy la esposa divorciada del juez McBride.

Joshua McBride me poseyó durante diez años con imperioso egoísmo. Conocí sus arrebatos de furor, su ternura momentánea, y en las altas horas de la noche, su lujuria insistente y ceremoniosa.

Renuncié al amor antes de saber lo que era, porque Joshua me demostró con alegatos judiciales que el amor sólo es un cuento que sirve para entretener a las criadas. Me ofreció en cambio su protección de hombre respetable. La protección de un hombre respetable es, según Joshua, la máxima ambición de toda mujer.

Diez años luché cuerpo a cuerpo con el rinoceronte, y mi único triunfo consistió en arrastrarlo al divorcio.

Joshua McBride se ha casado, de nuevo, pero esta vez se equivocó en la elección. Buscando otra Elinor, fue a dar con la horma de su zapato. Pamela es romántica y dulce, pero sabe el secreto que ayuda a vencer a los rinocerontes. Joshua McBride ataca de frente, pero no puede volverse con rapidez. Cuando alguien se coloca de pronto a su espalda, tiene que girar en redondo para volver a atacar. Pamela lo ha cogido de la cola, y no lo suelta, y lo zarandea. De tanto girar en redondo, el juez comienza a dar muestras de fatiga, cede y se ablanda. Se ha vuelto más lento y opaco en sus furores; sus prédicas pierden veracidad, como en labios de un actor desconcertado Su cólera no sale ya a la superficie. Es como un volcán subterráneo, con Pamela sentada encima, sonriente. Con Joshua, yo naufragaba en el mar; Pamela flota como un barquito de papel en una palangana. Es hija de un Pastor prudente y vegetariano que le enseñó la manera de lograr que los tigres se vuelvan también vegetarianos y prudentes.

Hace poco vi a Joshua en la iglesia, oyendo devotamente los oficios dominicales. Está como enjuto y comprimido. Tal parece que Pamela, con sus dos manos frágiles, ha estado reduciendo su volumen y le ha ido doblando el espinazo. Su palidez de vegetariano le da un suave aspecto de enfermo.

Las personas que visitan a los McBride me cuentan cosas sorprendentes. Hablan de sus comidas incomprensibles, de almuerzos y cenas sin rosbif[1]; me describen a Joshua devorando enormes fuentes de ensalada. Naturalmente, de tales alimentos no puede extraer las calorías que daban auge a sus antiguas cóleras. Sus platos favoritos han sido metódicamente alterados

1 *Rosbif*: Carne de vaca arrollada.

o suprimidos por implacables y adustas cocineras. El patagrás[2] y el gorgonzola[3] no vuelven ya el roble ahumado del comedor en su untuosa pestilencia. Han sido reemplazados por insípidas cremas y quesos inodoros que Joshua come en silencio, como un niño castigado. Pamela, siempre amable y sonriente, apaga el habano de Joshua a la mitad, raciona el tabaco de su pipa y restringe su whisky.

Esto es lo que me cuentan. Me place imaginarlos a los dos solos, cenando en la mesa angosta y larga, bajo la luz fría de los candelabros. Vigilado por la sabia Pamela, Joshua el glotón absorbe colérico sus livianos manjares. Pero, sobre todo, me gusta imaginar al rinoceronte en pantuflas, con el gran cuerpo informe bajo la bata, llamando en las altas horas de la noche, tímido y persistente, ante una puerta obstinada.

2 *Patagrás*: Cierto tipo de queso.

3 *Gorgonzola*: Queso italiano de tipo Roquefort.

© **Juan José Arreola**, Ciudad Guzmán (Méjico), 1918. Maestro del relato corto siempre tratado con su peculiar sentido del humor, expresa la realidad absurda y grotesca de un mundo cruel y desolado. Principales obras de relatos: *Varia intervención, Confabulario, Bestiario, Confabulario total, Palindroma, Confabulario personal...*

La migala

La migala discurre libremente por la casa, pero mi capacidad de horror no disminuye.

El día en que Beatriz y yo entramos en aquella barraca inmunda de la feria callejera, me di cuenta de que la repulsiva alimaña era lo más atroz que podía depararme el destino. Peor que el desprecio y la conmiseración brillando de pronto en una clara mirada.

Unos días más tarde volví para comprar la migala, y el sorprendido saltimbanqui me dio algunos informes acerca de sus costumbres y su alimentación extraña. Entonces comprendí que tenía en las manos, de una vez por todas, la amenaza total, la máxima dosis de terror que mi espíritu podía soportar. Recuerdo mi paso tembloroso, vacilante, cuando del regreso a la casa sentía el peso leve y denso de la arena, ese peso del cual podía descontar, con seguridad, el de la caja de madera en que la llevaba, como si fueran dos pesos totalmente diferentes; el de la madera inocente y el del impuro y ponzoñoso animal que tiraba de mí como un lastre definitivo. Dentro de aquella caja iba el infierno personal que instalaría en mi casa para destruir, para anular al otro, el descomunal infierno de los hombres.

La noche memorable en que salté a la migala en mi departamento y la vi correr como un cangrejo y ocultarse bajo un mueble, ha sido el principio de una vida indescriptible. Desde entonces, cada uno de los instantes de que dispongo ha sido recorrido por los pasos de la araña, que llena la casa con su presencia invisible.

Todas las noches tiemblo en espera de la picadura mortal. Muchas veces despierto con el cuerpo helado, tenso, inmóvil, porque el sueño ha creado para mí, con precisión, el paso cosquilleante de la araña sobre mi piel, su peso indefinible, su consistencia de entraña. Sin embargo, siempre amanece. Estoy vivo y mi alma inútilmente se apresta y se perfecciona.

Hay días en que pienso que la migala ha desaparecido, que se ha extraviado o que ha muerto. Pero no hago nada para comprobarlo. Dejo siempre que el azar me vuelva a poner frente a ella, al salir del baño, o mientras me desvisto para echarme en la cama. A veces el silencio de la noche me trae el eco de sus pasos, que he aprendido a oír, aunque sé que son imperceptibles.

Muchos días encuentro intacto el alimento que he dejado la víspera. Cuando desaparece, no sé si lo ha devorado la migala o algún otro inocente huésped de la casa. He llegado a pensar también que acaso estoy siendo víctima de una supercheria y que me hallo a merced de una falsa migala. Tal vez el saltimbanqui me ha engañado haciéndome pagar un alto precio por un inofensivo y repugnante escarabajo.

Pero en realidad esto no tiene importancia, porque yo he consagrado a la migala con la certeza de mi muerte aplazada. En las horas más agudas del insomnio, cuando me pierdo en conjeturas y nada me tranquiliza, suele visitarme la migala. Se pasea embrolladamente por el cuarto y trata de subir con torpeza a las paredes. Se detiene, levanta su cabeza y mueve los palpos. Parece husmear, agitada, un invisible campanero.

Entonces, estremecido en mi soledad, acorralado por el pequeño monstruo, recuerdo que en otro tiempo yo soñaba con Beatriz y en su compañía imposible.

Encuentro

Octavio Paz

Al llegar a mi casa, y precisamente en el momento de abrir la puerta, me vi salir. Intrigado, decidí seguirme. El desconocido —escribo con reflexión esta palabra— descendió las escaleras del edificio, cruzó la puerta y salió a la calle. Quise alcanzarlo, pero él apresuraba su marcha exactamente con el mismo ritmo con que yo aceleraba la mía, de modo que la distancia que nos separaba permanecía inalterable. Al rato de andar se detuvo ante un pequeño bar y atravesó su puerta roja. Unos segundos después estaba en la barra del mostrador, a su lado. Pedí una bebida cualquiera mientras examinaba de reojo las hileras de botellas en el aparador, el espejo, la alfombra raída, las mesitas amarillas, una pareja que conversaba en voz baja. De pronto, me volví y lo miré larga, fijamente. Él enrojeció, turbado. Mientras lo veía, pensaba (con la certeza de que él oía mis pensamientos): "No, no tiene derecho. Ha llegado un poco tarde. Yo estaba antes que usted. Y no hay la excusa del parecido, pues no se trata de semejanza, sino de substitución. Pero prefiero que usted mismo se explique..."

El sonreía débilmente. Parecía no comprender. Se puso a conversar con su vecino. Dominé mi cólera y, tocando levemente su hombro, lo interpelé:

—No pretenda ningunearme. No se haga el tonto.

—Le ruego que me perdone, señor, pero no creo conocerlo.

Quise aprovechar su desconcierto y arrancarle de una vez la máscara:

—Sea hombre, amigo. Sea responsable de sus actos. Le voy a enseñar a meterse donde nadie lo llama...

Con un gesto brusco me interrumpió:

—Usted se equivoca. No sé qué quiere decirme.

Terció un parroquiano:

—Ha de ser un error. Y además, esas no son maneras de tratar a la gente. Conozco al señor y es incapaz...

Él sonreía, satisfecho. Se atreve a darme una palmada:

—Es curioso, pero me parece haberlo visto antes. Y, sin embargo, no podría decir dónde.

Empezó a preguntarme por mi infancia, por mi estado natal y otros detalles de mi vida. No, nada de lo que le contaba parecía recordarle quién era yo. Tuve que sonreír. Todos lo encontraban simpático. Tomamos algunas copas. Él me miraba con benevolencia.

—Usted es forastero, señor, no lo niegue. Pero yo voy a tomarlo bajo mi protección. ¡Ya le enseñaré lo que es México, Distrito Federal!

Su calma me exasperaba. Casi con lágrimas en los ojos, sacudiéndolo por la solapa, le grité:

—¿De veras, no me conoces? ¿No sabes quién soy?

Me empujó con violencia:

—No me venga con cuentos estúpidos. Deje de fregarnos y buscar camorra.

Todos me miraban con disgusto. Me levanté y les dije:

—Voy a explicarles la situación. Este señor los engaña, este señor es un impostor...

"Y usted es un imbécil y un desequilibrado —gritó:

Me lancé contra él. Desgraciadamente, resbalé.

Mientras procuraba apoyarme en el mostrador, él me destrozó la cara a puñetazos. Me pegaba con saña reconcentrada, sin hablar. Intervino el barman:

—Ya déjalo. Está borracho.

Nos separaron. Me cogieron en vilo y me arrojaron al arroyo:

—Si se le ocurre volver, llamaremos a la policía.

Tenía el traje roto, la boca hinchada, la lengua seca. Escupí con trabajo. El cuerpo me dolía. Durante un rato me quedé inmóvil, acechando. Busqué una piedra, algún arma. No había nada. Adentro, reían y cantaban. Salió la pareja; la mujer me vio con descaro y se echó a reír. Me sentí solo, expulsado del mundo de los hombres. A la rabia sucedió la vergüenza. No, lo mejor era volver a casa y esperar otra ocasión. Eché a andar lentamente. En el camino tuve esta duda que todavía me desvela: "¿y si no fuera él, sino yo...?"

Octavio Paz, Ciudad de Méjico, 1914. Poeta, dramaturgo, cuentista, ensayista y diplomático. Buen conocedor de las lenguas inglesa, japonesa y sueca. Es un vanguardista irremediable muy influido por el surrealismo. Entre sus obras: *El mono dramático, Corriente alterna, Posdata, Los hijos del limo, El ogro filantrópico, Cuadrivio, El arco y la lira..*

El ramo azul

Desperté, cubierto de sudor. Del piso de ladrillos rojos, recién regado, subía un vapor caliente. Una mariposa de alas grisáceas revoloteaba encandilada alrededor del foco amarillento. Salté de la hamaca y descalzo atravesé el cuarto, cuidando no pisar algún alacrán salido de su escondrijo a tomar el fresco. Me acerqué al ventanillo y aspiré el aire del campo. Se oía la respiración de la noche, enorme, femenina. Regresé al centro de la habitación, vacié el agua de la jarra en la palangana de peltre y humedecí la toalla. Me froté el torso y las piernas con el trapo empapado, me seque un poco y, tras de cerciorarme que ningún bicho estaba escondido entre los pliegues de mi ropa, me vestí y calcé. Bajé saltando la escalera pintada de verde. En la puerta del mesón tropece con el dueño, sujeto tuerto y reticente. Sentado en una sillita de tule[1], fumaba con los ojos entrecerrados. Con voz ronca me preguntó:

—¿Onde va, señor?

—A dar una vuelta. Hace mucho calor.

—Hum, todo está ya cerrado. Y no hay alumbrado aquí. Más le valiera quedarse.

Alcé los hombros, musité “ahora vuelvo” y me metí en lo oscuro. Al principio no veía nada. Caminé a tien-

1 *Tule*: Cierto tipo de tela.

tas por la calle empedrada. Encendí un cigarrillo. De pronto salió la luna de una nube negra, iluminando un muro blanco, desmoronado a trechos. Me detuve, ciego ante tanta blancura. Sopló un poco de viento. Respiré el aire de los tamarindos. Vibraba la noche, llena de hojas e insectos. Los grillos vivaqueaban entre las hierbas altas. Alcé la cara: arriba también habían establecido campamento las estrellas. Pensé que el universo era un vasto sistema de Henales, una conversación entre seres inmensos. Mis actos, el serrucho del grillo, el parpadeo de la estrella, no eran sino pausas y sílabas, frases dispersas de aquel diálogo. ¿Cuál sería esa palabra de la cual yo era una sílaba? ¿Quién dice esa palabra y a quién se la dice? Tire el cigarrillo sobre la banqueta. Al caer, describió una curva luminosa, arrojando breves chispas, como un cometa minúsculo.

Caminé largo rato, despacio. Me sentía libre, seguro entre los labios que en ese momento me pronunciaban con tanta felicidad. La noche era un jardín de ojos. Al cruzar una calle, sentí que alguien se desprendía de una puerta. Me volví, pero no acerté a distinguir nada. Apreté el paso. Unos instantes después percibí el apagado rumor de unos huaraches[2] sobre las piedras calientes. No quise volverme, aunque sentía que la sombra se acercaba cada vez más. Intenté correr. No pude. Me detuve en seco, bruscamente. Antes de que pudiese defenderme sentí la punta de un cuchillo en mi espalda y una voz dulce:

—No se mueva, señor, o se lo entierro.

2 *Huaraches*: Calzado mexicano.

Sin volver la cara pregunté:

—¿Qué quieres?

—Sus ojos, señor —contestó la voz, suave, casi apenada.

—¿Mis ojos? ¿Para qué te servirán mis ojos? Mira, aquí tengo un poco de dinero. No es mucho, pero es algo. Te daré todo lo que tengo, si me dejas. No vayas a matarme.

—No tenga miedo, señor. No lo mataré. Nada mas voy a sacarle los ojos.

Volví a preguntar:

—Pero, ¿Para qué quieres mis ojos?

—Es un capricho de mi novia. Quiere un ramito de ojos azules. Y por aquí hay pocos que los tengan.

—Mis ojos no te sirven. No son azules, sino amarillos.

—Ay, señor, no quiera engañarme. Bien sé que los tiene azules.

—No se le sacan a un cristiano los ojos así. Te daré otra cosa.

—No se haga el remilgoso —me dijo con dureza—. Dé la vuelta.

Me volví. Era pequeño y frágil. El sombrero de palma le cubría medio rostro. Sostenía con el brazo derecho un machete de campo, que brillaba con la luz de la luna.

—Alúmbrese la cara.

Encendí y me acerqué la llama al rostro. El resplandor me hizo entrecerrar los ojos. El apartó mis párpados con mano firme. No podía ver bien. Se alzó sobre las puntas de los pies y me contempló intensamente. La llama me quemaba los dedos. La arrojé. Permaneció un instante silencioso.

—¿Ya te convenciste? No los tengo azules.

—Ah, qué mañoso es usted —me dijo—. A ver, encienda otra vez.

Froté otro fósforo y lo acerqué a mis ojos. Tirándome de la manga, me ordenó:

—Arrodíllese.

Me hinque. Con una mano me cogió por los cabellos, echándome la cabeza hacia atrás. Se inclinó sobre mí, curioso y tenso, mientras el machete descendía lentamente hasta rozar mis parpados. Cerre los ojos.

—Abralos bien—me dijo.

Abrí los ojos. La llamita me quemaba las pestanas. Me soltó de improviso.

—Pues no son azules, señor. Dispense.

Y desapareció Me acodé junto al muro, con la cabeza entre las manos. Luego me incorporé. A tropezones, cayendo y levantándome, corrí durante una hora por el pueblo desierto. Cuando llegué a la plaza, vi al dueño del mesón, sentado aún frente a la puerta. Entré sin decir palabra. Al día siguiente huí de aquel pueblo.

 Seleccionado de *Así escriben los mexicanos* (Orión, Buenos Aires, 1975).

La carne

Virgilio Piñera

Sucedió con gran sencillez, sin afectación. Por motivos que no son del caso exponer, la población sufría de falta de carne. Todo el mundo se alarmó y se hicieron comentarios más o menos amargos y hasta se esbozaron ciertos propósitos de venganza. Pero, como siempre sucede, las protestas no pasaron de meras amenazas y pronto se vio a aquel afligido pueblo engullendo los más variados vegetales.

Sólo que el señor Ansaldo no siguió la orden general. Con gran tranquilidad se puso a afilar un enorme cuchillo de cocina, y, acto seguido, bajándose los pantalones hasta las rodillas, cortó de su nalga izquierda un hermoso filete. Tras haberlo limpiado lo adobó con sal y vinagre, lo pasó —como se dice— por la parrilla, para finalmente freírlo en la gran sartén de las tortillas del domingo. Sentóse a la mesa y comenzó a saborear su hermoso filete. Entonces llamaron a la puerta; era el vecino que venía a desahogarse... Pero Ansaldo, con elegante ademán, le hizo ver el hermoso filete. El vecino preguntó y Ansaldo se limitó a mostrar su nalga izquierda. Todo quedaba explicado. A su vez, el vecino deslumbrado y conmovido, salió sin decir palabra para volver al poco rato con el alcalde del pueblo. Este expresó a Ansaldo su vivo deseo de que su amado pueblo se alimentara, como lo hacía Ansaldo, de sus propias reservas, es decir, de su propia carne, de la respectiva carne de cada uno. Pronto quedó acordada la cosa y después de las efusiones propias de gente bien educada, Ansaldo se trasladó a la plaza principal del pueblo para ofrecer, según su frase característica, "una demostración práctica a las masas".

Una vez allí, hizo saber que cada persona cortaría de su nalga izquierda dos filetes, en todo iguales a una muestra en yeso encarnado que colgaba de un reluciente alambre. Y declaraba que dos filetes y no uno, pues si él había cortado de su propia nalga izquierda un hermoso filete, justo era que la cosa marchase a zompas, esto es, que nadie engullera un filete menos. Una vez fijados estos puntos, dióse cada uno a rebanar dos filetes de su respectiva nalga izquierda. Era un glorioso espectáculo, pero se ruega no enviar descripciones. Se hicieron cálculos acerca de cuánto tiempo gozaría el pueblo de los beneficios de la carne. Un distinguido anatómico predijo que sobre un peso de cien libras, y descontando vísceras y demás órganos no ingestibles, un individuo podía comer carne durante ciento cuarenta días a razón de media libra por día. Por lo demás, era un cálculo ilusorio. Y lo que importaba era que cada uno pudiese ingerir su hermoso filete.

Pronto se vio a señoras que hablaban de las ventajas que reportaba la idea del señor Ansaldo. Por ejemplo, las que ya habían devorado sus senos no se veían obligadas a cubrir de telas su caja torácica, y sus vestidos concluían poco más arriba del ombligo. Y algunas, no todas, no hablaban ya, pues habían engullido su lengua, que, dicho sea de paso, es un manjar de monarcas. En la calle tenían lugar las más deliciosas escenas: así, dos señoras que hacía muchísimo tiempo que no se veían no pudieron besarse; habían usado sus labios en la confección de unas frituras de gran éxito. Y el Alcaide del penal no pudo firmar la sentencia de muerte de un condenado, porque se había comido las yemas de los dedos, que, según los buenos gourmets (y el Alcaide lo era) ha dado origen a esa frase tan llevada y traída de chuparse la yema de los dedos.

Hubo hasta pequeñas sublevaciones. El sindicato de obreros de ajustadores femeninos elevó su más formal protesta ante la autoridad correspondiente, y esta contestó que no era posible eslogan alguno para animar a las señoras a usarlos de nuevo. Pero eran sublevaciones inocentes que no interrumpían de ningún modo la consumición, por parte del pueblo, de su propia carne.

Uno de los sucesos más pintorescos de aquella agradable jornada fue la disección del último pedazo de carne del bailarín del pueblo. Este, por respeto a su arte, había dejado para lo último los bellos dedos de sus pies. Sus convecinos advirtieron que desde hacía varios días se mostraba vivamente inquieto. Ya sólo le quedaba la parte carnosa del dedo gordo. Entonces invitó a sus amigos a presenciar la operación. En medio de un sanguinolento silencio cortó su porción postrera, y sin pasarla por el fuego la dejé caer en el hueco de lo que había sido en otro tiempo su hermosa boca. Entonces todos los presentes se pusieron repentinamente serios.

Pero se iba viviendo, y era lo importante. ¿Y si acaso...? ¿Sería por eso que las zapatillas del bailarín se encontraban ahora en una de las salas del Museo de los Recuerdos ilustres? Sólo se sabe que uno de los hombres más obesos del pueblo (pesaba doscientos kilos) gastó toda su reserva de carne disponible en el breve espacio de quince días (era extremadamente goloso, y, por otra parte, su organismo exigía grandes cantidades). Después ya nadie pudo verlo jamás. Evidentemente, se ocultaba... Pero no sólo se ocultaba él, sino que otros muchos comenzaban a adoptar idéntico comportamiento. De esta suerte, una mañana la senora Orfila, al preguntar a su hijo —que úse devoraba el lóbulo izquierdo de la oreja— dónde había guardado no sé qué cosa, no obtuvo respuesta alguna. Y no valieron súplicas ni amenazas. Llamado el perito en desaparecidos sólo pudo dar con un breve montón de excrementos en el sitio donde la señora Orfila juraba y perjuraba que su amado hijo se encontraba en el momento de ser interrogado por ella. Pero estas ligeras alteraciones no minaban en absoluto la alegría de aquellos habitantes. ¿De qué podría quejarse un pueblo que tenía asegurada su subsistencia? El grave problema de orden público creado por la falta de carne, aún había quedado definitivamente zanjado? Que la población fuera ocultándose progresivamente nada tenía que ver con el aspecto central de la cosa, y sólo era un colofón que no alteraba en modo alguno la firme voluntad de aquella gente de procurarse el precioso alimento. ¿Era, por ventura, dicho colofón el precio que exigía la carne de cada uno? Pero sería miserable hacer más preguntas inoportunas, y aquel prudente pueblo estaba muy bien alimentado.

Virgilio Piñera, Cuba, 1912-1979. Dramaturgo, narrador y poeta cubano, su mundo angustiado y pesimista lo transmite con un lenguaje lleno de ironía y alucinaciones. En su obra principal, el drama *Aire frío*, hace un severo análisis de la pequeña burguesía hispanoamericana. Entre sus obras: *La carne de René, Pequeñas maniobras, Presiones y diamantes , Cuentos fríos, El que vino a salvarme,...*

Unas cuantas cerezas

Veinte años atrás tuvieron lugar estos hechos:

Una tarde muy calurosa se presentó en casa de Far un hombre de aspecto distinguido, frisando en la cincuentena, hermosos cabellos, vistiendo ropa muy buena, con un cigarrillo en la mano, aire distraído manos cuidadas. Si no un gran señor, al menos con pretensiones de codearse con la aristocracia.

Saludo dental. Abrigo y guantes dejó sobre la mesa. Avanzó unos pasos para acariciar el gato de Far. Tosió ligeramente. Miró de soslayo (manera de indicar a Far que le brindara asiento). Sentado al fin, compuso, sin ponerla de manifiesto, la raya del pantalón. En seguida entró en materia.

—Quiero matar a una familia completa —dijo, marcando la frase, aunque con tacto y entonación lo bastante velados como para no asustar a Far. Tras una pausa volvió a decir:

—Quiero matar a una familia completa.

Far acabó por encontrar muy familiar la expresión. Siguiendo un sencillo proceso mental dijo con su propia boca:

—...matar a una familia completa.

Hizo una pausa. Después:

—¿Cómo?

—Venganza contestó el señor—. En el último baile del Casino mi hija fue sacada a bailar una vez menos que la hija del dueño de la cervecería Azut. Ellos son diez, incluidos padre y madre. Todos ellos llenos de vida, de ilusiones, de cerveza. Nosotros, quiero decir mi familia, somos once, llenos también de vida, de ilusiones, de cerveza. Bueno, quiero matar a todos los Azut. Pero no quiero ser el autor material.

Levantó una mano como si fuese a ser interrumpido y dijo un tanto acalorado:

—¡Sólo el autor intelectual!

En esto se escuchó una voz de mujer.

—¿Quién anda por ahí? —preguntó el señor.

—Es mi mujer —contestó Far—. Mujer, ven, tenemos una visita.

Bella mujer entra. Far hace las presentaciones de rigor:

—Mud, el señor quiere matar a una familia completa.

—...a una familia completa —repite Mud—. Ya lo sabía; estaba detrás de la cortina.

—Había pensado envenenarlos con gas —dice el señor—. Puedo pagar para que, durante la noche, rompan las cañerías del gas. Pero sería muy simplista. Quiero algo más elaborado. ¿Qué se les ocurre, amigos?

Far insinuó que una centena de hachazos no estaría del todo mal. Mud prefirió ahorcamiento en masa, en descampado, todos desnudos, violación de las mujeres, castración de los hombres. Se sirvió cate. Charla animadísima. Los esquemas de crimen se sucedían vertiginosamente. También se habló de honorarios. jNo faltaba más! Asesinos espléndidamente pagados. Discreción y hasta impunidad.

—¿Impunidad? —dijeron a una Far y Mud.

—¿Y cómo lograrla?

—Ustedes ejecutan, yo me declaro autor del hecho —respondió el señor.

Brindis, apretones de mano. Ya en la calle el señor, Mud le grita desde su ventana:

—¡Señor, señor, ha olvidado sus guantes!

El crimen, de lo más horrible. Far ordenó la construcción de una botella de vidrio de proporciones colosales. De color blanco. Dos metros de altura, tres de diámetro, Cristal a prueba de balas y de todo. La botella, sobre un tablado cerrado al fondo por cortinados negros. Música de fondo, infaltable. A la derecha de la botella, todo lo que el gusto más refinado puede exigir en un *five o'clock tea*. A la izquierda, equipo de filmar listo para eternizar a la familia Azut. Aire delicioso circula.

Frente a la botella, uno de esos sillones de lona usados por los directores de cine. Sentado en el sillón, el señor. Entrada de Far y de Mud. Familia del cervecero Azut ominosamente maniatada. A una señal la botella se abre cual un hemisferio. Familia Azut debe entrar en la botella. Patalean un tanto, pero presión de Far los somete. No sin dignidad —hay que reconocerlo— se instalan en la botella. Mud, trepada en una torrecilla, aprieta válvula. Botella empieza a llenarse.

—De cerveza —explica al lector el señor. Y se come un *gatêau*[1] exquisito.

—¡Cámara! —añade con la boca llena. Far hace funcionar la Cámara. Tensión. Adentro de la botella, como es de suponer, Familia Azut se entrega al *memento mori*[2]. Agonía: muy larga. La madre rehusa encaramarse sobre los hombros del industrial, su esposo. En cambio, las hijas, más modernas, se suben sobre sus hermanos, pero éstos, mucho más modernos, se suben sobre sus hermanas. Tiempo: dos horas, y la cerveza habrá hecho su obra.

Según se dijo al principio, veinte años después de este "asesinato en cerveza" nos encontramos a Far y a Mud fabulosamente enriquecidos, viviendo respetable existencia en patria lejana de patria del crimen. Ahora es de noche. Far y Mud ofrecen comida principesca. Entre los invitados, mancebo bellísimo, modales afinados, pleno ya de vicios encantadores. Le acompaña venerable anciano que, aunque al borde de la tumba, se mantiene dignamente en pie (con el pie que resbala, pero que no se deja ir con vileza). Ríen o sonríen. Bellas damas, gasas en cantidades abrumadoras, Dios mío. ¡Cuánta gasa! Desnudas bailarinas pasando a ojo

1 *Gatêau*: Pastel, bizcocho (del francés).

2 *Memento mori*: Recuerdo de la propia muerte (del latín).

la flota de fraques, pavos reales, pavos rellenos. ¡Qué prevista la vida en ciertos salones! Entrar y salir, descorchar, a borbotones, el champaña o el cianuro. ¡Caballero es usted único! El encanto de un vals. Salón-pisoteado-por-zapatos-de-lamé-de-oro-manchados-de-coñac...

Puerta de honor. Salida. Divinos automóviles parten, pegados a tierra, con pañuelos de encaje. Pocos curiosos. Es muy tarde. Costumbres sencillas no permiten trasnochar. El aire es una divinidad. Pocas risas, las suficientes como para no pensar en un ataúd. Puerta de honor al fin se cierra. Luces son extinguidas por servidumbre. Quedan sólo —usando de náutico lenguaje— las de posición.

Far y Mud, contentos, contentos. Ya se disponen a salvar gran salón camino de sus camas cuando en lisa pared de estuco blanco aparece pantalla de proyección. En centro salón, anciano y mancebo sentados al igual que en cine. Hacen señas a Far y Mud ocupar sillas a su lado. Far y Mud consienten (consienten porque grandes señores consienten siempre, obedecen nunca). Perfecto. Anciano al borde tumba, exclama:

—¡Proyección!

Ruido peculiar. Pantalla deja ver en seguida elegantes letras negras: “Muerte familia Azut.”

Crimen veinte años atrás pasa por pantalla. Mancebo ríe a más y mejor. Anciano aclara a Far y a Mud que mancebo único sobreviviente familia Azut. Por ese entonces niño de tres meses, educado por anciano, que mete en su linda cabecita divertido film inundación mortal padres y hermanos. Mancebo gran sentido del humor viendo madre acurrucada al fondo de botella, padre humillado pegado paredes botella, y hermanitos y hermanitas, modernos, muy modernos... Carcajada estentórea ante padres perdiendo todo menos el honor.

Anciano dice:

—Yo, autor intelectual. Ellos (señala a Far y a Mud) autores materiales—. Far y Mud sorprendidos y disgustados: suceso ocurrido veinte años atrás nada tiene que ver con actual modo de vida. Rapido olvido, no mentar soga casa ahorcado. Elegancia, mucha elegancia. Por supuesto, reconocen que film es delicioso, refrescante. Cine hace prodigios. Les gustaría tener copia film. Siempre habrá noches de hastío en vida fastuosa.

Aire circula divinamente. Bostezos, ustedes saben... Día entero preparativos *soirée*[3] Noche aún más agotadora. Bostezos, sueño, mucho sueño, sueño reparador, sueño profundo. Mancebo, entre bostezos, ríe siempre comicidad padres y hermanos en botella cerveza. Sueño. Arriba, lechos esperan visitantes. A la izquierda Escalera caracol. Allí valet espera. Sueño, bostezos. Tropiezan subiendo. Mañana será otro día.

3 *Soirée*: Una fiesta mundana, una velada nocturna.

Las dos soras

César Vallejo

Vagando sin rumbo, Juncio y Analquer, de la tribu de los soras, arribaron a valles y altiplanos situados a la margen de urubamba, donde aparecen las primeras poblaciones civilizadas del Perú.

En Piquillacta, aldea marginal del gran río, los dos jóvenes salvajes permanecieron toda una tarde. Se sentaron en las tapias de una rúa, a ver pasar a las gentes que iban y venían de la aldea. Después, se lanzaron a caminar por las calles, al azar. Sentían un bienestar inefable, en presencia de las cosas nuevas y desconocidas que se les revelaban: las casas blanqueadas, con sus enrejadas ventanas y sus tejados rojos; la charla de dos mujeres, que movían las manos alegando o escarbaban en el suelo con la punta del pie completamente absorbidas; un viejecito encorvado, calentándose al sol, sentado en el quicio de una puerta, junto a un gran perrazo blanco, que abría la boca, tratando de cazar moscas... Los dos seres palpitaban de jubilosa curiosidad, como fascinados por el espectáculo de la vida de pueblo, que nunca habían visto. Singularmente Juncio experimentaba un deleite indecible. Analquer estaba mucho más sorprendido. A medida que penetraban al corazón de la aldea, empezó a azorarse, presa de un pasmo que le aplastaba por entero. Las numerosas calles, entrecruzadas en varias direcciones, le hacían perder la cabeza. No sabía caminar este Analquer. Iba por en medio de la calzada y sesgueaba al acaso, por todo el ancho de la calle, chocando con las paredes y aun con los transeúntes

—¿Qué cosa? —exclamaban las gentes—. Qué indios tan estúpidos. Parecen unos animales.

Analquer no les hacía caso. No se daba cuenta de nada. Estaba completamente fuera de sí. Al llegar a una esquina, seguía de frente siempre, sin detenerse a escoger la dirección más conveniente. A menudo, se paraba ante una puerta abierta, a mirar una tienda de comercio o lo que pasaba en el patio de una casa. Juncia lo llamaba y lo sacudía por el brazo, haciéndole volver de su confusión y aturdimiento. Las gentes, llamadas a sorpresa, se reunían en grupos a verlos:

¿Quiénes son?

—Son salvajes del Amazonas.

—Son dos criminales, escapados de una cárcel.

—Son curanderos del mal del sueño.

—Son dos brujos.

—Son descendientes de los Incas.

Los niños empezaron a seguirles.

—Mamá —referían los pequeños con asombro—, tienen unos brazos muy fuertes y están siempre alegres y riéndose.

Al cruzar por la plaza, Juncio y Analquer penetraron a la iglesia, donde tenían lugar unos oficios religiosos. El templo aparecía profundamente iluminado y gran número de fieles llenaban la nave. Los soras y los niños que les seguían avanzaron descubiertos, por el lado de la pila de agua bendita, deteniéndose junto a una hornacina de yeso.

Tratábase de un servicio de difuntos. El altar mayor se hallaba cubierto de paños y crespones salpicados de letreros, cruces y dolorosas alegorías en plata. En el centro de la nave aparecía el sacerdote, revestido de casulla de plata y negro, mostrando una gran cabeza calva, cubierta en su vigésima parte por el solideo. Lo rodeaban varios acólitos, ante un improvisado altar, donde leía con mística unción los responsos, en un facistol de hojalata. Desde un coro invisible, le respondía un maestro cantor, con voz de bajo profundo, monótona y llorosa.

Apenas sonó el canto sagrado, poblando de confusas resonancias el templo, Juncio se echó a reír, poseído de un júbilo irresistible. Los niños, que no apartaban un instante los ojos de los soras, pusieron una cara de asombro. Una aversión repentina sintieron por ellos, aunque Analquer, en verdad, no se había reído y, antes bien, se mostraba estupefacto ante aquel espectáculo que, en su alma de salvaje, tocaba los límites de lo maravilloso. Mas Juncio seguía riendo. El canto sagrado, las luces en los altares, el recogimiento profundo de los fieles, la claridad del sol penetrando por los ventanales a dejar chispas, halos y colores en los vidrios y en el metal de las molduras y de las efigies, todo había cobrado ante sus sentidos una gracia adorable, un encanto tan fresco y hechizador que le colmaba de bienestar, elevándolo y haciéndolo ligero, ingrávido y alado, sacudiéndole, haciéndole cosquillas y despertando una vibración incontenible en sus nervios. Los niños, contagiados, por fin, de la alegría candorosa y radiante de Juncia, acabaron también por reír, sin saber por qué.

Vino el sacristán y, persiguiéndoles con un carrizo, los arrojó del templo. Un individuo del pueblo, indignado por las risas de los niños y los soras, se acercó enfurecido.

—Imbéciles. ¿De qué se ríen? Blasfemos. Oye —le dijo a uno de los pequeños—, ¿de qué te ríes, animal?

El niño no supo qué responder. El hombre le cogió por un brazo y se lo oprimió brutalmente, rechinando los dientes de rabia, hasta hacerle crujir los huesos. A la puerta de la iglesia se formó un tumulto popular contra Juncio y Analquer.

—Se han reído —exclamaba iracundo el pueblo—. Se han reído en el templo. Eso es insoportable. Una blasfemia sin nombre...

Y entonces vino un gendarme y se llevó a la cárcel a los soras.

César Vallejo, Santiago de Chuco (Perú), 1892 - París, 1938. Poeta, narrador, ensayista, dramaturgo y periodista peruano. Su vida, marcada por una adversidad: su procedencia provinciana, su naturaleza mestiza, su militancia comunista, sus estancias en España, Moscú y París... Todo ello define y explica la obra de C. Vallejo. Entre sus obras: *Escalas melografiadas, Fabla salvaje, El tungsteno...*

VIAJE ALREDEDOR DEL PORVENIR

A eso de las dos de la mañana despertó el administrador en un sobresalto. Tocó el botón de la luz y alumbró. Al consultar su reloj de bolsillo, se dio cuenta de que era todavía muy temprano para levantarse. Apagó y trató de dormirse de nuevo. Hasta las tres y media podía dar un buen sueño. Su mujer parecía estar sumida en un sueño profundo. El administrador ignoraba que ella le había sentido y que, en ese momento, estaba también despierta. Sin embargo, los dos permanecían en silencio, el uno junto al otro, en medio de la completa oscuridad del dormitorio.

Pero, pasados unos minutos, no le volvía el sueño al administrador, y su mujer, sin saber por qué, tampoco podía ya dormir, siguiendo con el oído los movimientos que, de cuando en cuando, hacía su marido en la cama y hasta el ritmo de su respiración y el parpadeo de sus ojos. Hacía dos años que eran casados. Una hijita de tres meses dormía en su cuna, en la habitación contigua, a cargo de una nodriza. El administrador casó con Eva, no porque la quisiera, sino por conveniencia, pues ésta tenía un lejano parentesco con don Julio, patrón de la hacienda. El administrador hizo, en efecto, un buen negocio: apenas se casaron, el patrón lo había ascendido de simple mayordomo de campo, con 60 soles de sueldo y una simple ración de carne y arroz, a administrador general de la hacienda, con 150 soles mensuales y tres raciones diarias. De otro lado, aun cuando el parentesco en cuestión no contaba mucho a los ojos del patrón —hombre duro, vanidoso y avaro— con el matrimonio cambió en parte el tratamiento que le daba a su ex mayordomo de campo. Tenía para él una sonrisa, por lo rnenos, a la semana. Solita también a veces dar a sus instrucciones, delante de los obreros y los otros empleados, repentinas entonaciones de deferencia. Una vez al mes le estaba acordado al administrador y a su mujer, ir de visita a la casa-hacienda y comer en la mesa de los parientes pobres del patrón. Por último, el 28 de julio de cada año, día de la fiesta nacional, recibía el cajero orden de dar al administrador un sueldo gratis. Mas la dádiva mayor no había sido todavía recibida, aunque ya estaba prometida.

El día en que nació la hija del administrador, la mujer del patrón le dijo a su marido, a la hora de cenar:

—¿Sabes una cosa?

El patrón, cuyo despotismo y frialdad no exceptuaba ni a su mujer, movió negativamente la cabeza.

—Eva ha dado a luz esta mañana —añadió la patrona— y la criatura es mujercita.

—¡Zonza! —argumentó el patrón en tono de burla—. No sabe hacé hico. ¿Por qué no hacé uno muchacho hombre?

El patrón hablaba pronunciando las palabras como chino que ignorase el español. ¿Por qué tan singular costumbre? ¿Lo hacía acaso porque, en realidad, no pudiese articular bien el español? No. Lo hacía por hábito de soberbia y de dominio. Cuando la hacienda estuvo aún en manos de su padre —un inmigrante italiano, que se hizo rico en el Perú, vendiendo ultramarinos al por menor— la mayor parte de los obreros del campo eran chinos. Estos coolies eran tratados entonces como esclavos. El padre del actual patrón y cualquiera de sus capataces o empleados superiores podían azotar, darme palos o matar de un tiro de revólver a un coolie, por quítame allá esas pajas. Así, pues, el actual patrón creció servido por chinos y obedeciendo a un raro fenómeno de persistente relación entre el lenguaje usado por aquel entonces en el trato con los coolies y la condición de esclavos en que don Julio se había acostumbrado a ver a los obreros y, de modo general a cuantos le eran económicamente inferiores, se hizo hábito oír al patrón hablar en un español chinesco a todos los habitantes de su hacienda. Nada importaba que ahora no se tratase ya de *coolies*, sino de indígenas de la sierra del Perú. Su lenguaje resultaba, por eso, de un ridículo no exento de una aureola feudal y sanguinaria.

Don Julio, aquella noche del nacimiento de la hija del administrador, había llamado a éste a su escritorio después de cenar, y le dijo severamente:

—Tú tene ahora una hica. Por qué tú no hace uno muchacho. ¡Tú ée zonzo!

El administrador de pie y en actitud humilde, se puso colorado de emoción, al sentirse honrado, con el hecho de que el patrón se interesase así por la vida de los suyos. Una mezcla de orgullo y de pudor le estremeció ante las palabras protectoras del patrón y no supo qué contestar. Sonrió penosamente y bajó la frente. El patrón añadió entonces, paternalmente:

—Anda tú hacé uno hico muchacho, uno hico macho. Si tú hacé un chico home, yo date legalo diez mil soles.

Después dio don Julio unos largos pasos con sus enormes piernas de Gigante y salió del escritorio, sin dejarle tiempo al administrador para darle las gracias por tamaña promesa.

Desde entonces el administrador vivía con la constante preocupación de engendrar un hijo hombre. Formulada la promesa por el patrón, se apresuró a comunicarla inmediatamente a su mujer, la cual, en su gran inconciencia, vecina de un impudor casi cínico, recibió la noticia con saltos de alegría y entusiasmo. Ambos cónyuges empezaron a soñar día y noche en aquel alumbramiento de un hijo hombre, que les traería los diez mil soles prometidos... día y noche. Esta perspectiva surgía ante ellos principalmente cada vez que se veían en apuros de dinero y en cuantas ocasiones hablaban de proyectos de futuro bienestar. Necesitaban vestirse mejor que los Quesada. Necesitaban comprar muebles nuevos para la casa de Chiclayo. Además, convendría hacer un paseíto a Lima. ¿Por qué solamente los Herrera y los Ulercado tenían derecho a ir a pasear a Lima todos los años?

—Mira, Arturo —decía Eva, en un delirio de ilusión a su marido—, si llegamos a tener el chico este año, podríamos pasar la temporada de verano en Miraflores. ¡Oh, qué maravilla sería eso! ¡Cómo se morirían de envidia todas mis amigas!

En un transporte de entusiasmo Eva echaba los brazos al cuello del administrador y acotaba, poniéndose seria:

—Pero creo que don Julio lo hace tal vez para que trabajes mejor y cumplas debidamente con los deberes de tu puesto. ¿Crees tú que está contento con tu trabajo?

—Ya lo creo que sí. Está contentísimo. De otra manera, no me habría prometido el regalo. El otro día le hice ganar de nuevo a la hacienda un montón de dinero.

—¿Cómo, Arturito miío? ¿Cómo lo hiciste?

—La semana pasada, un equipo de braceros de la Contrata Paga trabajo seis días en un destajo de corte de caña. Yo lo sabía perfectamente. El caporal había también registrado en la planilla esas tareas. Pero el sábado por la tarde, pasé, como quien no hace la cosa, por la caja a la hora del pago de las planillas semanales. Miré al azar las planillas sobre la mesa y al encontrarme con la de los cañeros, hice como que me sorprendía de verla. Llamé al caporal y le pregunté por qué se iba a pagar a esa gente un trabajo que yo ignoraba y que, sobre todo, yo no había ordenado que se hiciese. Se hicieron los esclarecimientos del caso y acabé diciendo que no se pagasen esos salarios, puesto que se trataba de un trabajo que yo no había ordenado. Y así se hizo. Total: unos cientos de soles ahorrados para la hacienda.

Eva se quedó pensativa y preguntó vacilante:

—Pero ¿y los obreros no cobraron su trabajo? —Naturalmente que no. Si, precisamente, de eso es de lo que se trataba.

—Pero... Pobrecitos! ¿Y el contratista tampoco les pagaría?

—¿Pagarles el contratista, dices? —exclamó el administrador con sarcasmo—. Bueno será Puga para desembolsar un dinero que él no ha recibido...

Eva quedó entonces con su marido en que el regalo prometido por el patrón no tenía nada que ver con los servicios del administrador, sino que era una cosa completamente desinteresada y generosa.

Y esta noche, en que el administrador ya no podía conciliar el sueño, vino a su mente de súbito la idea del regalo prometido por don Julio. Si el administrador lograba engendrar un hijo macho, sería una cosa formidable. Pero ¿cómo lograrlo? Más de una vez se habían hecho él y su mujer esta interrogación. ¿Cómo engendrar un hijo hombre? Los dos pensaban que la cosa consistía en alimentarse bien. Otras veces creían que era cuestión de técnica y, en las horas de escepticismo, pensaban, siguiendo su experiencia, que eran estos designios de la suerte y que no había nada que hacer. La pareja pasaba noches ardidas de esfuerzo y ansiedad. Había ocasiones en que Eva, después de un espasmo heroico y calculado, como un teorema de raíz cúbica, se sumía en un silencio abstracto para luego exclamar de pronto, besando sudorosa a su marido:

—¡Ya! ¡Yo creo que ya! Siento que ahora sí, que ya! Lo siento. ¡Lo siento claramente!

—No —respondía Arturo, exhausto y desalentado—. Yo he sentido que no. Esto es una broma.

Otras veces era el administrador quien solía exclamar en el instante preciso de su goce:

—Ya!... Ya!... Ya!... Ya!...

Eva, por el contrario, se mostraba escéptica, aunque no se atreviese a desalentar a su marido y, más bien, le respondía con jadeante y débil voz:

—Sí... Probablemente... Probablemente...

El administrador, al recordar esta noche de insomnio, todas estas escenas y luchas por los diez mil soles prometidos por don Julio, se puso de mal humor. Se dio una vuelta brusca en la cama y lanzó un bufido de cólera. Habráse visto cosa más imbécil! No poder engendrar un hijo macho. ¡Era el colmo de la mala suerte!

—Eva oyó el bufido rabioso de su marido y de golpe comprendió en qué estaba pensando Arturo. Meditó un momento y fingió despertar solamente en ese instante, acercando a ciegas sus carnes desnudas y cálidas al cuerpo de su marido. Después le echó el brazo sobre el hombro y siguió agitándose y rozándose con él. Por su parte, Arturo se dio a reflexionar en la necesidad de ser tenaz en su propósito y de no abandonar por ningún motivo la empresa de los diez mil soles. Unos minutos después, tomó, a su turno, por la cintura a su mujer y se besaron sin pronunciar palabras. Pero, esta vez, la empresa abortó completamente, pues, siete meses más tarde, Eva daba a luz una mujercita.

INDICE